KB271282

신이시여, 어찌하오리까!

신이시여, 어찌하오리까!

2024년 6월 28일   초판 1쇄 인쇄 발행

지 은 이 ㅣ 최송원
펴 낸 이 ㅣ 박종래
펴 낸 곳 ㅣ 도서출판 명성서림

등록번호 ㅣ 301-2014-013
주   소 ㅣ 04625 서울시 중구 필동로 6 (2, 3층)
대표전화 ㅣ 02)2277-2800
팩   스 ㅣ 02)2277-8945
이 메 일 ㅣ ms8944@chol.com

값 15,000원
ISBN 979-11-93543-99-3

정암 최송원 제 2시집

신이시여,
어찌하오리까!

도서출판 명성서림

작가의 말

정월 초아흐렛날이면
꽃바구니가 찾아옵니다.
올해는 더 큰 꽃바구니가 왔습니다.
'산수傘壽'라는 이름표를 달고….

지난해 첫 시집 『초록 진주알』을 내고
두 번째 시집 『신이시여, 어쩌하오리까!』로 절규합니다.

찻잔 곁에 두시고
한 줄이라도 님 가슴에 닿기를 바랍니다.

목차

2부 ◆ 산계山溪골에 가면

5부 ✦ 이별 앞에 놓인 것

6부 ✦ 몽 돌

1부

◆

이제야 알 것 같습니다

글에는 인품이 있고
예의가 생명으로 흐릅니다
글이 제게 묻습니다
칼보다 무서움을 아느냐고

그때 그 시절

그때 그 시절엔
개구쟁이 사내들 떼 지어
마을 구석구석 말썽 일으켰지
여자애들 고무줄 끊고
애호박에 머리 붙이고 발도 달아
논둑에 줄 세워 놓고 도망가고
오디 따 먹으며 나무 위 숨었다가
물동이 이고 오는 새색시 앞에
갑자기 소리치며 뛰어내려
기겁한 새색시 옹기 물동이 깨뜨리고
벌집 쑤셔 사람들 혼비백산시키던
그 철없던 놈들
잡혀서 물동이 높이 들고 벌서면서도
웃어 뒹굴던 그놈들 지금은 다 어디 갔을까
나는 그 대열에 끼지도 못하고
엄마 따라 일터에 있었지만
그놈들도 나처럼 늙은 지금 만나서
막걸리 한잔하며 옛날을 뒤적이고 싶구나

Long time ago, back then

Mischievous boys
Would swarm around causing trouble
In every nook of the village
They'd snap girls jump ropes
Stick heads onto squash and add feet
Line them up on the rice paddy ridges
And run away
Hide up in tress after eating mulberries
Then suddenly shout leaping
Down in front of brides carrying water jars
Startling them so they'd drop and shatter
Their ceramic vessels
Those thoughtless lads who'd stir up
Hornet's nests and send everyone scattering
Even when caught and made to hold
Water jars high as punishment
They would laugh and tumble around
I wonder where those guys are now
I couldn't join them back then
Trailing behind my mother to the work fields
But now as old as they are
I'd like to meet them share a drink of makgeolli
And reminisce about the old day

이제야 알 것 같습니다

붓을 잡고 밤의 길이를 재던
가냘프고 연약한 한 여인이
그리도 강인한 어머니였음을
이제야 알 것 같습니다

어릴 적 누비바지저고리 입히고
깨보생이에 누룽지주먹밥 먹이려
초근목피로 살아온 어머니의 한을
이제야 알 것 같습니다

연당에 올라 종일 책 읽던 옛 소년
소낙비 마중 나온 연잎과 붕어 떼가
그리도 아름다운 그림이었다는 것을
이제야 알 것 같습니다

여명에 집 떠나 해가 져야 돌아온
산골 소년의 그 무겁던 책가방이
수많은 시와 수필로 승화된 자산임을
이제야 알 것 같습니다

지금 팔순의 그림자를 밟고 보니
모두가 아름답고 소중한 시적 종자들
당신이 주신 최고의 선물이란 걸
이제야 알 것 같습니다

추억의 필름

오일마다 시골 장이 열리면
장 보러 오는 발길들 이고 지고 들고
길가에 됫박 장사 짐 보따리 잡아끌고
북적북적하던 얼굴 얼굴들
장날만은 신작로가 가득했지

주막엔 앉을 자리 없었고
국밥집 솥뚜껑 김을 올리고
그 뜨거운 열기에 장터 풍경도 익었지
사방에서 들리던 싸요싸요 소리와 함께
간 고등어 한 손 엮어 든 뒷집 할매
손주 신발 들고 흡족해하던 앞집 할매
해지기 전 집으로 가는 행렬은
꼬리에 꼬리 물고 그림자를 늘였지

내 입에 물려주시던 알사탕 한 알의 기억
아직도 입 안에서 녹지 않은 눈물겨운 그리움
화롯불 석쇠 위에 지글지글 익던 생선 냄새
가시 발린 살점 떼어 밥숟갈 위에 얹어주시던
내 어무이 내 아버지 흐뭇해하시던 모습 모습들
그 많고 많은 얼굴들 다 어디로 가고
적막만 남겨진 시골 장터엔 바람만 흐른다
끊긴 필름처럼 다시 볼 수 없는 추억의 영화
이름만이라도 기억하련다 내 살아 있는 동안이라도

이 발

몇 가닥 남지 않았으나
이발해야 하는 일은
지난 시간과 싸움인 것 같아
오늘도 한 달 만에 찾아왔다

어릴 땐 까까중머리
젊었을 땐 멋내기 머리
늙으니 흰털 가득 담고 의자에 앉았다

내 생에 몇 번 더 앉아야 하나
죽는 날에도 곱게 빗고 가야지
가는 날 추하게 보이면 안 되잖아

염색도 했으니
주일엔 정장 받쳐 입고
주님 전에 무릎 꿇고
아직은 쓸 만하니
어디에 어찌 쓰실지 여쭈어봐야지

신의 작품

그림을 그리신다
꽃분홍 연초록빛으로
산등성부터 온 골짜기
웅장한 솜씨에 눈이 부시다

바람 구름 멈춰 서고
새들 나비들 향연에
초대된 동공이 열려 버린다
와~ 이 황홀경에 난 이미 외계인

생의 면면들

칠 년 동안 밤과 낮
땅속에서 힘을 키워
여름 수놓을 나는야 매미

언 땅 지새운 번데기
젖은 날개 햇살에 말리어
꽃을 시집보낼 나는야 나비

겨우내 생명 키우려
여름 내내 꽃에서 꿀을 따려
잠시도 쉬지 못한 나는야 벌

복 받은 자

할아버지는 이조 시대를 사셨고
할머니는 李 씨로 어두운 세상 사셨지
아버지는 식민 시대 쪽발이 밑에 사셨고
어머니는 초근목피로 고생만 하셨지

이 몸은 해방둥이
목마 타고 폐허 된 피란길 헤매기도 했지
무명옷에 검정 고무신 신고
내 나라 걷고 뛰며 한세상 살다 보니

딸 아들 손자들 아홉인 대가족에
쌍둥이 손자까지 지금은 복 받은 늙은이
텃밭에 곡식들 자라고
산도 푸르니 부러울 것 없네

깊은 밤 잠 깨어
글 쓰는 해방둥이 정녕 복 받은 노인

뭐라고 하실까

태양의 열기 지구를 익히고
사막이 낳은 황사 지구를 덮고
녹아내린 빙하 작은 섬 삼켜버리고
삶의 흔적 물속에 잠긴다
하얗게 마른 강줄기 흔적만이
길게 드리우고 누워 있다
초원은 벌겋게 말라가고
어린 양 떼 울음소리 들판에 부서진다

몸살 앓는 지구
아마존에 불길 하늘 뒤덮으니
달이 바뀌어도 하늘 가리고
해와 달 숨 가빠 허덕인다
섭씨 1도 남아 있는 지구의 종말
생사를 가르는 마지막 임계점
모두가 죽어 가는 남겨진 시간
눈앞에 서성인다
선인들 보시면 뭐라고 하실까

거울 속에 비친 세상

알코올이 잡은 핸들
황색 선을 넘나들더니
한 생명을 삼켜버린 슬픔이
거울 속에 비친다

마약에 찌든 영혼
자신의 존재 잊어버리고
순간 환락에 시녀 된 허수아비
거울 속에 비친다

황금의 노예 된 양심
가면 뒤에 감추어 둔 진실
타인의 아픔으로 기름진 허상
거울 속에 비친다

그럼에도 세상은 살아내는 것
선한 영혼이 고요할 수 없는 이유
어른이 어른이지 못한 현실 또한
거울 속에 비친다

당신은 누구신지요

알코올에 절어 역주행하면서
다른 차들이 역주행한다고 신고한
당신은 누구신지요

하늘길 오가는 스튜어디스
화장품 가방에 마약 숨겨 들어온
당신은 누구신지요

현실과 가상 세계 구분 못하고
흉기로 일면식도 없는 목숨 해치는
당신은 대체 누구신지요

초야에 묻혀 이름도 명예도 없지만
해와 달 별을 벗 삼아 이웃을 사랑하고
이름 더럽히지 않는 나는 농부 시인입니다

문도 文道

글에는 인품이 있고
예의가 생명으로 흐릅니다
글이 제게 묻습니다
칼보다 무서움을 아느냐고

백지를 만나기 전
하늘 한번 쳐다보고
깊은숨 들이마시고
정좌로 붓을 잡아야 한다고

그릇됨을 바로 알고
올바른 글을 남기려
자신을 낮추고 겸손해야 한다고

비바람에 날리고
먼지 속에 묻히기도 하지만
어느 훗날 누군가에게
작은 감명이라도 전하려면
문도 文道를 익혀야 한다고

이정표

조부께서 세운 이정표엔

신라 말기 문신인
최치원의 과거 급제 길이 있고
필달의 삼십삼대손
손자가 나라고 가리킨다

조부는 이조 사람이고
선친은 일본 치하 머슴이고
너는 대한의 보라매 아들이라
이정표 화살은 말하고 있다

나는 농부 시인 길에 들고
아들딸은 바르게 지나왔고
손주들도 다섯 갈래를 지나니
이정표 따라 제 길에 들었구나

팔순에 바라보는 흐릿한 이정표
후손들이 헤매지 않도록
밤낮으로 또렷이 기록하며
명징한 화살표를 갈고닦는 중

2부

◆

산계山溪골에 가면

눈 내리고 찬바람 불면
산토끼는 또 다릅나무 숲을 찾겠지
내가 찾아가는 둥지는 어딜까
아버지 어머니 계시는 본향이겠지
안식과 평화 사랑이 있는 그 다릅나무 숲

시집 한 권 배낭에

달도 없는 어둠이
하얗게 물러가는 새벽
시집 한 권 배낭에 넣고
대관령 굽이돌고 선자령 지나
백두대간 허리에 오르니

아침 해 창을 던지고
눈밭은 은빛 방패로 막는
묵은눈 위에 새로 덮인 눈에
온 대지는 백의의 사막
하나의 생명체 눈 위를 나르는

청잣빛 하늘 티 하나 없고
움직이는 생명체 콧김이 서려
눈 뭉치 나무 위에서 용쓰다
설화 나뭇가지 타고 녹아내리는
햇살이 눈 시리게 따사로운 정상

장독대

밤사이 첫눈
산에 들에 온 천지 가득
장독대 위에도 하얀 눈 소복
줄지어 서 있는 추어탕 집 장독대
십 년 지난 묵은 장
봄가을 애기 장 백여 개 익어간다

어머니 살아 장 담는 손길 익혀
시집와서 해마다 집안 행사 치르며
고추장 된장 막장 이름도 가지가지
연년이 쌓아온
메줏가루 고춧가루 산더미 같거늘
하루하루 퍼 날라 추어탕 만들면
오가는 손님 맛 좋다는 소문이 자자해

우리 집 보물단지 뒷마당에 가득
산바람 바닷바람에 익어 가는데
오늘은 하얀 이불 덮고 있다
곤히 잠든 오늘은 깨우지 말아야지

산계山溪골에 가면

홍시는 가을 해를 닮아 가고
바람은 감잎을 이고 바다로 가는데

소리 따라 들어서니
화구에 볏낱 쓸어 담던 처자
허리를 동여매고 디딜방아 찧는다
달처럼 어여쁜 처자들 사는 집
가을 해 서산에 숨어드니
백열등 전구가 들라 한다
청실홍실 정담 익던 아련한 밤

한 갑자 돌아 찾아드니
바람 타고 산계山溪만 노니는 집터
방앗간마저 아궁이로 똬리 틀고
방아 찧던 처자들 잘살고 있다고
하얀 귀에 하얀 까치가 전해 준다

옛이야기 듣추다 돌아서는 길
송아지 뛰놀던 장광엔
자갈들이 밭을 이루고
물든 감잎 나도 물들라 보채는데
어느 고을에 어디쯤 가면
그 처자를 만날 수 있을까
해지기 전 발걸음에 불이 인다

재개발再開發

버틸 수 없는 시간에
세월의 켜들이 서로 엉켜 웁니다
한 생을 녹인 흙의 입술이 터지고
한 생이 이룬 터에서 짐을 싸야합니다

손발이 굳어 멈춰 선 멍함에
하릴없이 바닷가를 찾은 기억의 수첩엔
하늘이 내려와 구름다리를 놓던 정경과
실안개가 눈길을 막아선 모롱이 길과
웃고 울던 길동무들 살가움이 펼쳐집니다

해마다 무서리가 지나면
퇴색한 그늘에 낙엽이 쌓이던 곳
산새가 찾아와 땀을 식혀주던 곳
영육이 쉴 그곳으로 가고 싶습니다
언젠가 그곳에서 지금을 이야기합시다

장롱 속에 보화도
별에서 따온 명예도 가치 없는
그곳에서 우리 꼭 다시 만납시다

월정교를 걸으며

첨성대에서 계림을 지나
아름다운 목조다리 월정교에 닿으니
월성과 남산을 잇던 신라의 힘찬 숨결에

아득히 통일신라의 깃발이 휘날리고
힘찬 말발굽 소리는 교각을 흔들어
온 서라벌 들녘 지축을 흔들어 깨운다

우레와 같은 함성 들린다
월정교月精橋는 춘양교春陽橋를 그리며
신라의 시인 김극기의 시향을 퍼트린다

경주에서

옛집 찾아드니

산 넘어
꿈에 그리던 고향마을
바쁜 일상에 자투리 시간 내어
강나루 휘돌아 옛집 찾아드니
여울목 큰 바위 흙 속에 묻혀 있고
마을을 휘감고 흐르던 그 강줄기도
갈대밭에 숨어버렸네
아름드리 밤나무조차 가느다란
숨소리 몰아쉬며 저만치 누워 있다

은행잎 가득한 들녘엔
서릿발 감추듯 노오란 물결 남실거리고
노을 속 숨어버린 옛 친구 간 곳 어디며
단발머리 순이 어디서 잘살고 있는지조차
뭉게구름 가득한 청잣빛 하늘에 어리어
옛 생각만 새록새록한 여기

역사의 빗자루

나는 풀벌레
이슬만 먹고 버텨도
깨끗한 영혼으로 살지요

썩은 물에 뒹굴며
줄을 서는 군상들이
풀벌레 눈에는 가여워요

뭣 하나 투명하지 않아요
하늘도 무서워 않으면서
철창은 엄청 무서운가 봐요

스무날 넘게 밥을 굶어요
남의 밥까지 탐하던 창자가
가슴에 단 금 한 돈에 떨어요

역사의 빗자루에
청소가 될 날이 다가와요
풀밭에서 애국가 합창이 들려요

송이밭

햇살이 따갑더니
저녁엔 이슬로 축축하다
추석 밑이라 온 집안이 들썩인다
배낭에 낫자루 챙겨
개울 건너 산에 오르니
사루비아 송이송이 피었고
솔잎 삭은 냄새 온몸을 감싼다
골바람 소리 귓전을 맴돌고
파란 하늘엔 구름 한 점 없다
귀한 보물 찾으려
떡갈나무 숲을 뒤지는데
서산에 해 기웃거릴 즈음
저만치 송이밭 한 자락 찾았다
배낭 가득 채워진 송이들
추석날 온 가족 기쁨이려니
수십 년 지나
그 기억 잊지 못해 찾아오니
나무는 쓰러지고 벌판만 펼쳐 있구나
저 아래 보독밭 잔솔 자라니
수십 년 지나면 한 무리 송이밭 펼쳐지겠지
그땐 내 자식들이 지금을 얘기하겠지

백 리 길 성묘

설산雪山
녹아내리는 서릿발은
한낮 햇볕 따사로운 이유

첫 절기 입춘 날 맞아
어머니 생각에 나선
백 리 길 성묘

가랑잎 쌓인
후미진 산길에
토끼 똥 소복하고
갓 지난 노루 발자국
푸드득
들꿩이 솟구치는

보송한 한산 버들
하아얀 미소 머금고
찰랑찰랑 반기는 성묘길

동진봉 보라매 아저씨들

새벽 공기 가르며 하늘을 날은다
제트엔진의 금속성 소리
오늘은 조조비행 새벽잠을 떨친다
조국의 하늘을 지키려고
새벽 출근을 위해 잠을 반납한다

달빛마저 숨어버린 깊은 밤
이륙하는 금속성 제트엔진 소리
이집 저집 문 열고 마중 나온다
조종사 정비사 오늘은 야간 비행
깊은 밤 등불이 꺼진다

비상벨이 울린다
뛰쳐나가는 제트엔진 소리 비상 출동
무슨 일이 터졌는가 모두 초조하다
동진봉 아저씨들 365일 하늘을 지킨다
보라매 아저씨들 조국의 하늘을 지킨다

대지가 전해 주는 기쁨

잔설은 봄바람에 사라지고

쟁기 소리 산야에 푸른 물 들일 때
봄 마차로 들녘을 누비는 농부

농부 손에 한 알의 씨앗은
어린싹이었다가 푸른 모판이 되고

한 톨의 알곡은
태양과 물의 만남이자 농부의 땀과 고난

밥상의 밥알은
하늘이 준 선물이자 대지가 전해 주는 기쁨

다릅나무 숲

눈 쌓인 겨울 지나
봄을 맞은 산토끼는
다릅나무 숲이 있기에
둥지를 틀고 입춘이 오면
둥지를 떠나 산허리 넘어
온 산을 뛰어 넘나들기에
설 쉰 토끼 나돌아 친다 말이 생겼지

어릴 적 어머니 품속은
나의 다릅나무 숲이었지
힘겨운 여정을 지나 봄을 맞는
그 길은 험하고 힘들었지
모두가 가는 길이라 하지만

눈 내리고 찬바람 불면
산토끼는 또 다릅나무 숲을 찾겠지
내가 찾아가는 둥지는 어딜까
아버지 어머니 계시는 본향이겠지
안식과 평화 사랑이 있는 그 다릅나무 숲

351고지 그날의 전선

제트엔진의 후끈한 배기에
펄럭이는 바짓가랑이 달래며
헬기는 북녘을 하늘을 향한다

동북부 요충지 351고지
삼천여 목숨 바쳐 지킨 우리의 산하
해금강의 파도 소리만 그날을 아파한다

조종간을 잡고 생사를 넘나들던 전쟁터
빨간 마후라 전우들 뜨거운 선혈을 따라
그날의 전선을 팔십 노구老軀로 돌아본다

산화한 보라매 넋을 산화되는 목청이 부르며

3부

◆

겨울 꽃눈에 싸락눈 내리고

어둠 속 싸락눈이 재잘거리고

청둥오리 가족 체온을 나누고

얼지 않으려 냇물은 발을 구르고

척하지 맙시다

한 줌도 안 되는 명예
영원하던가요 그러니
잘난 척하지 맙시다

고인 물은 썩고
내 것은 없는 것 그러니
있는 척하지 맙시다

세상은 변하고 있고
사는 날까지 배워야 하는 것
아는 척하지도 맙시다

교만은 육신을 죽이고
물질은 영혼을 죽이는 것
알면서 모르는 척하지 맙시다

Let's not pretend

Honor that's less than a handful
Is it everlasting? So
Let's not pretend

The standing water is rotten
I don't have anything so
Let's not pretend as if we have it

The world is changing
And we must learn until the day we live
Let's not pretend to know it all

Knowing that arrogance kills the body
and matter kills the soul
Let's not pretend we don't know

장 벽

큰 울음으로 세상을 접하고
천 번을 넘어지며 걸음마 배웠지
허나 기어코 넘어야 했던 신의 숙제
한 발 한 발 떼기가 내겐 빙벽이었지

스무 살엔 엄마 품 떠나
활주로 바닥을 핥으며 하늘을 지켰지
삼십 년 푸른 제복 그 장벽을 넘고 보니
성성한 은발이 훈장으로 흩날리네

아들딸 사각모 다 씌우고
아들 손자 이 몸 따라 공군이 되니
삼대째 보라매 가족이란 울타리는
아무나 넘볼 수 없는 나만의 혼 벽

황혼엔 흙이 좋아 종일 텃밭에 사니
지렁이 땅강아지 나랑 친구 되고
강낭콩 완두콩으로 밭에 수놓다 보니
농부 시인의 마지막 장벽이 석양에 붉네

옛정은 옛말

빨랫줄에 가득히 걸린 옷
마당 멍석엔 색 입을 고추 널렸는데
천둥소리 요란하니 이웃집이 걱정이다

이불 빨래 거두어 방 안에 던져주고
널린 고추 둘러메고 처마 밑에 들일 때
밭일 갔던 할머니 허겁지겁 돌아온다

두레 반 빌리고 숟가락 빌려
애기 첫돌 잔치 치르고
노인네 회갑 잔치 치르던 이웃인데

세월 흘러 다들 살 만하니
살가운 이웃은 멀어져 가고
담장만 높아지니 옛정은 옛말이다

앞마당 꽃밭에
봉선화 백일홍 곱게 피어나는데
때 되면 피겠지 함께 살자던 이웃 옛정

겨울 꽃눈에 싸락눈 내리고

가을 햇살에 잉태한 꽃눈
겨울 채비를 끝난 무성한 잎 입들은
계약된 곳으로 무작정 이사를 하니
언덕진 구릉엔 새든 잎 입들이 지천
땅거죽은 부풀어도 곡기가 없어
허기진 배를 말아 버티는 목구멍들
한겨울 밤 얼음장 속에서 봄을 꿈꾸며
얇은 솜이불로 잠을 청하는 영혼이여
그 시절 나는 어머니 품에 안겨
무지개 꿈을 꾸었다마는 어른 된 귀엔
어느 고아가 울부짖다 지친
가느다란 배고픈 숨소리 들리느뇨
네 가슴 부푸는 정이월은 정녕 오느뇨
봄바람이 허기를 삼키는 춘삼월은 오고 있느뇨

너를 덮으려는 싸락눈 곤두박질하고
상고대가 내린 얼음 조각에 부르튼 입을 묻고
울지도 못하는 배고픈 밤은 책갈피에 숨긴다
꼬깃꼬깃한 잎 입들 흰쌀밥에 살 올라
볼그레한 볼에 키스해 줄 벌 나비 올 테니
그땐 영혼에서 움트는 인고의 짙은 향기로
극빈한 시에 영광의 기름기 눈부실 테니
어화둥둥 한바탕 춤이라도 추자꾸나

▌ 겨울눈目 : 삼지닥나무 겨울 꽃눈 보며

만 가지 감사

눈앞이 팔십인데
아직은 맑은 정신이니 감사
배낭 메고 부모님 산소 찾아
가산家山에 꽃과 나무
가꿀 수 있어 감사
아들딸 손자 손녀에게
쌈짓돈 열어 줄 수 있어 감사

해지면 누울 곳 있고
따뜻한 밥상머리에
늙어도 고운 할멈 있어 감사
세상 살며 입은 상처
치유 받고 의지할 글 있어 감사
햇볕에 그을려 투박한 얼굴
초야에 들꽃 반겨주니 감사
텃밭에 남새들 풍요에 감사

넉넉지 않지만 나누어 줄
살가운 이웃 있어 감사
하늘나라 가는 날
부모님 옆자리 있어 감사
한 세상 살며 詩와 隨筆 엮어
남길 것 있으니 감사
주말이면 신께 무릎 꿇고
기도드릴 수 있으니 더욱 감사

새벽 창가에서

잠 깨어 커다란 창가에 서니
새벽 한 시를 가리키는 시계
깜빡 깜빡 먼 산 고압선 경고등
잠들지 못한 시인에게 윙크한다
저 멀리
아침을 기다리는 KTX 계류장
시간되면 서울오가는 발길위해
화장을 한다 훤하게 등불 켜고

어느 듯 눈앞이 팔십인데
해 뜨면 텃밭에 살고
밤 되면 잠깨어 시 한 편 엮고
수필隨筆 하나 낳고
남은 생명 시간 지켜내고 있다
떠오를 생각조차 않는 아침 해
두 손 모아 기도드린다
맑은 새벽을 주신 그 분에게

다시 펴는 아침잠자리
아직도 먼동은 트지 않기에

시적화자

탯줄을 달고
꼬물거리는 새끼고양이 두 마리
핏덩이 몸 위엔 개미 떼 새카맣게 만찬 중
어미에게 버려져 살아보려는 실낱같은 외침에
산책길은 다급함으로
손수건에 싸 긴급히 개미들 뜯어내며 뛰고 뛰어
처방전 받아 들고 초유 구하러 또 수십Km를 달려
작은 입에 주사기로 먹이고 살리느라 종일 품었다네

날 밝아 들쳐보니 싸늘한 체온이라며
하늘 보며 울먹이던 한 여인
십자가를 세우고 만든 무덤 앞에서
크게 슬퍼하시니 제자
문상이라도 가야 할 것 같아요
모든 생명에 애착을 지니신 여인이여
부디 강건하소서

뉘 있어 찾을까

아들 내외 설빔 입고
몸 굽혀 세배 올리더니
만수무강하시라 꽃봉투를 내미네
손자도 무릎 꿇고 사랑을 받아가네
한 움큼 받고 보니 부모님은 산에 계시네

령 넘어 백 리 눈길 세배 가려니
언덕배기 설산 노구를 가로막네
미끄러지고 넘어지다 주저앉고
이마엔 진주가 나이만큼 송글거리네

눈 이불 걷으시고 눈꽃으로 앉으시네
아들 세배 받으시고 하얗게 웃으시네
나 없으면 이 먼 곳 뉘 있어 찾을까
부모님은 오늘도 눈빛으로 반기시는데

가을비 내리는 선상

유람선에 오르는데
가을비 함께 가겠다고
선상 유리창에 매달린다

뱃전에 날리는 머리카락
입추지난 싸한 바다냉기
그럼에도 속내는 따뜻하다

어디선가 들려오는 떼 창
"꽃피는 동백섬에 봄은 왔건만"
덩달아 일렁이는 동백섬 앞바다

작은 섬 다섯
애기 섬 보일 땐 여섯을 품고
오륙도 한 바퀴에 시름을 든다

길 가르는 뱃길
등댓불 저만치서 손짓하는 지금
어둠이 어두운 삶을 밝혀주는 이 황홀

감사한 동행 길

누가 말했지
칭찬은 고래도 춤추게 한다고
허나 칭찬은 사탕과 같은 것
달콤함에는 독이 있는 법

쓴 가르침은
훗날엔 달콤한 것 보다 약이 되느니
참고 견디는 자가 맛보는 것이리라
사탕에 맛 들인 자는 찾지 못 할 수도

모르면 물어서라도 찾아 가고
길동무 있을 때 함께 성숙해야지
노닐다 쉬었다 어정거리다가는
길 못 찾고 어두워져 홀로 울지도

스승 계시고
길동무 있을 때
뛰다 걷다 때론 기더라도 같이 가야지
감사한 동행 길에 게으를 순 없지 않은가

가슴 아린 밤

115년 만에 장마 2022. 8. 7.

무자비한 빗줄기에 휘감겨
뒤안길로 숨어 버린 폭염
물바다에 쓸린 삶의 터전들
오가지도 못하는 동동거림 전부

도우려 다가선 이조차도
주검으로 돌아오고 말았다는
가슴 아픈 소식만 들려오고
수마가 할퀴고 간 상처는 아우성이다

115년 만에 폭우라 하지만
기후 변화는 이제 시작이려니
소용돌이치는 지구의 아픔을
우리의 아픔으로 잠재울 수 있을지

거센 비바람에 하얗게 밤을 지새운다
또 다른 아픈 소식 들릴까 가슴 조이며
어려움에 처한 이웃들이 날 밝으면 다시
살아낼 희망의 햇살이 쨍하게 비춰주기를

가로등과 나

어둠 속 싸락눈이 재잘거리고
청둥오리 가족 체온을 나누고
얼지 않으려 냇물은 발을 구르고
가로등 불빛은 언 밤을 녹이는 중

한 해가 저물어가는 적막함
달빛에 흐르는 바람 소리 따라
눈꽃 날리는 밤을 지키는 가로등
누군가의 그림자를 길게 비추는데

겨울밤에 짠 빨간 털모자
너에게 씌워주려는 까치발에
울고 웃던 동심 들추는 밤 지나
한 살을 더 늘이는 가로등과 나

한 말씀

詩人이라면
詩를 알고 써야지요

詩가 두렵지 않으면
詩契는 허세입니다

詩는 안 쓰면서
名銜만 거창하다면....

첫 시집을 상재하고

첫눈 내린 겨울밤
너를 안고 밤을 새우고 있다
팔순 나이에 가슴으로 낳은
첫아이를 품은 부모의 마음으로
성경처럼 조심히 가슴에 안는다

칠십만 시간의 여정 속
기억과 그리움 때론 아픔들이
밤을 지새우며 피눈물로 찾아와
나의 혼으로 한 자 한 자 낳았다

할아버지 거친 손이 주신 사랑
꿈이 한으로 맺힌 어머니의 삶
맏며느리 아내의 따뜻한 손길
쌍둥이 손자의 재롱과 귀여움이
백지를 채워가는 원천이었음을

해 지나면 둘째 셋째가 안기고
감성에 힘이 실린다면 거듭 거듭
영혼이 익은 삶의 향기를 남겨야지
내 떠나간 빈자리에 내 글이 남아
긴 밤 누군가의 불면을 위로한다면
나는 편히 눈을 감을 수 있지 않겠소

4부

◆

기도하는 작은 천사

사랑하는 사람아
쪽배 타고 바다를 건너고
짐짝이 되어 트럭을 타고
밤하늘 안고 떠나는 그런
고된 여행을 떠납시다

어느 왕국 공주

꽃 사러 들르던 여학생이
식구 되어 큰절하는 며느리 되었구나
어느 왕국 공주가 우리 집에 왔는지
고맙고 대견하기도 하여라

맏손자 안겨 주고
쌍둥이 손자 또 안겨 주니
할아버지 할머니 무릎이 춤추는구나
정녕 하늘의 뜻이 아니고선 과분하고말고

추석날
열아홉 친족 음식 준비로 바빠도
정성으로 맞이하는 며느리의 손길
착하기도 기특하기도 하여라

썰물처럼 지나간 명절 뒤
긴 머리카락 한 올 떨구고 갔구나
공주님 거라 아까워 거울에 붙여 두었다

오가는 바람에 흔들리는 머리카락
너 없는 빈방보다 그것이라도
너의 자리 지켜주는구나 착한 우리 아기

신이 맡긴 선물

까만 사진 한 장엔
두 개의 심장이 팔딱이는 우주

촌각으로
형과 아우로 나뉜 쌍둥이 형제
25시가 모자라는 엄마의 손길
아빠의 발걸음도 촌음을 다투던

잊고 살아온 사랑의 무게
하늘에 드리는 감사요
품속에 넘치는 기쁨이요
가슴속 넘치는 행복이었다

우리 집 자랑
우리 집 보물에 그치지 말고
온 누리 펼쳐질 사랑으로 자라길

기도하는 작은 천사

기도하는 작은 소녀야
너의 마음이 얼마나 고우면
얼굴에 번지는 고운 미소가
무지개를 타고 하늘에 닿는구나
세상에 이보다 고운 게 또 있으랴

기도하는 작은 소녀야
수많은 근육이 이토록 아름다운
그림을 그려 놓은 표정은
땅 위에 그림자 지우기 위해
신이 그리는 그림인 듯하오

기도하는 작은 소녀야
오십이 되면 살아온 삶이
자기의 얼굴을 만든다 하니
더 들어 황혼이 되어도
잘 간직하라 부탁하고 싶소

기도하는 작은 소녀야
바람에 스치고 물결에 쏠려
하늘과 땅이 변하고
가슴에 재를 안고 살아도
보화는 간직하시라 일러두고 싶소

착한 별 하나

어느 별에서 왔는지 모릅니다
하나의 별은 할머니가 되었습니다
또 하나의 별은 어머니가 되었습니다
쌍둥이별도 다가와 자식이 되었습니다

별은
해가 되고 달도 되었습니다

착한 별 머리엔 하얀 서리가 내리고
등 굽은 노송 되어 송진 내음 배었습니다
기도하는 선한 별
나를 지켜주는 바로 우리 여보입니다

아내 빈자리

친정 간 아내 빈자리
때 되어 주방에 들어서니
식탁보 덮어놓은 저녁 밥상
밥솥엔 노란 차조밥이 모락모락
식탁엔 은수저 한 벌 놓였구나
뽁작장 미역국 쇠고기전골에다
열무김치 깻잎 반찬 곱게 차려놨구나

아내 없는 하루
해는 지고 밤 깊어지니 어릴 때
엄마 기다리던 어릴 적 생각난다
어서 돌아와 밥상머리 같이 앉아
흰머리 쓰다듬으며 얘기하고 싶구나
나 먼저 떠나면 착한 할멈 어이할꼬
할멈 먼저 떠나면 혼자 남아 어이 살꼬
잠결은 밤을 비켜 저 멀리서 맴돌기만

팔순에 읽어 보는 신혼일기

여보
우리 신혼일기 열어 봅시다

　　　　　　　　　　1970년 10월 28일 수요일 맑음

드레스 입은 당신은 천사보다 아름다웠소
결혼식 첫날밤
열차로 강릉역 떠나 청량리 거쳐 수원에 도착
부엌조차 없는 대문 앞 작은 사랑방 보금자리는
수원 권선구 구운동 월세 오백 원짜리 시골집
살림살이 1호는 자전거와 낡은 석유곤로 하나
이삿짐은 달랑 손수레 두 대 분량으로
합판에 상다리 붙인 밥상과
봉투 쌀 두부 한 모 그리고 일주일 부식
비포장도로 덜컥거리느라 두부는 도로에 빼앗기고
매달려 온 빈 봉투 보며 헛헛한 웃음 남겼지

휴일이면 구운 방죽에 나가 새벽 낚시했지
해 뜨면 빨래 바구니에 아침밥 이고 오던 여보
돌아올 땐 붕어 몇 마리와 말조개 가득한 바구니
이웃집 도와주고 얻어온 남새와 딸기 못생긴 복숭아
작은 수박덩이로 풍성했던 여보와 나의 식탁
퇴근길 마중 나온 가족은 여보와 스피츠 한 마리
일터는 수원비행장 장비 정비사 보너스 없는 얄팍한 봉투
그럼에도 사랑과 젊음이 넘치던 우리의 신혼집

맏며느리

묵은 살림 찌든 땟물
한 겹 두 겹 새 옷 갈아입혀
일곱 남매 둥지 틀도록 살펴 보내고
부모님 이승에서 천상에 모시고서
고왔던 얼굴 주름 깊고
검은 머리 하얗게 색이 바랬다

허리 굽은 맏며느리
잠든 손 살며시 잡아보니
가늘어진 팔다리
험한 길에 다 잃었구나
곤히 잠든 앙상한 얼굴
지켜보는 지아비로서 미안함뿐
시동생 세배 온다니 그나마
위안되는지 맏며느리 할멈이 웃는다

엄마의 가슴엔

엄마의 가슴엔
저 넓은
파도치는 바다가 있다

엄마의 가슴엔
저 높은
폭우 내리는 하늘이 있다

엄마의 가슴엔
저 넓은
가시 무성한 대지가 있다

그리고 그러고 그럼에도

오르지 못하는
산도 거뜬히 오르는
측량 못 할 권능이 있다

사랑하는 사람아

사랑하는 사람아
쪽배 타고 바다를 건너고
짐짝이 되어 트럭을 타고
밤하늘 안고 떠나는 그런
고된 여행을 떠납시다

해 저물면 초막에 들러
더부살이로 밤을 지새고
흐르는 냇물에 세수하고
부르튼 발을 씻고 떠납시다

여행이 끝나고
다시 보금자리로 돌아오면 그땐

사랑의 깊이
사랑의 길이
사랑의 넓이
사랑의 높이
사랑의 빛깔을 알게 되겠지요

어느 훗날 나의 감옥에 갇혀
헤어나지 못하고 눈물을 흘릴까
두려움의 씨앗이 고개를 들어요

그래도 괜찮아요
육신이 늙어서라도
사랑하며 살았다고 말하고 싶어요

사랑은 움직이는 것

그토록 사랑했는데
홀연히 떠나버린 네가

이제 나를 그리워한다니
이미 나는 너를 잊었는데

사랑은 움직이는 생물이라
너 떠나고 사랑을 거뒀느니

알밤과 알밤

고즈넉한 콩밭엔
자갈이 연주하는 물소리
입 모아 합창하는 낙엽 소리
갈바람에 솜털 날리는 소리
삭풍에 솔가지 옷 여미는 소리
여기저기 알밤이 다투는 소리소리

시인을 붙잡는 밭머리
여기저기 사랑스러운 알밤들
망태기 소복이 동산을 이루면
깎은 알밤 닮은 손주들 위해
알밤 농사 잘 지은 자식들 위해
해를 등에 업고 집으로 간다

시인이 멈칫한 골목엔
사라진 수많은 알밤들 소리
자치기 말뚝박기 왁자한 소리
골목길 넘치던 알밤들의 소리
우리 세상인 듯 들끓던 소리소리
꿈에서나 들을까 사무친 목소리들

마중 올 거야

날개 없는 천사 당신이

하늘나라 가는 날
눈 녹은 산등성이 붉게
타오르는 따스한 봄날이면
진달래꽃 무리 마중 올 거야

당신이 하늘나라 가는 날
흰 뭉게구름 서풍에 앞서고
무지개 곱게 뜨는 여름날이면
하얀 산목련 마중 올 거야

당신이 하늘나라 가는 날
하늘빛 내려와 천지를
곱게 수놓는 가을날이면
고운 단풍잎 마중 올 거야

당신이 하늘나라 가는 날
길동무하는 천사들 내려와
온 세상이 하아얀 겨울이면
나목에 핀 설화들 마중 올 거야

5부

◆

이별 앞에 놓인 것

만남 뒤 언젠가 이별이라면
만남이란 이별 앞에 놓인 것

입춘인가 보오

골짜기에 생기가 넘치고
버들강아지 솜털은 윤기로 자르르
강아지 눈꺼풀 햇살에 까무룩하니
드디어 겨울은 가고 입춘인가 보오

왕산골 지나 삽당령 넘어
덕우산 골짜기 칠현정 지나
미루나무 우뚝한 고단리 냇가
허 씨 집 마당이 외갓집 터
달래 냉이 새싹들 돋아나
입춘이라 속살거리던 그곳

옥양목 치맛자락 다려입으시던
호랑이 할머니 만나러 가던 길
봄이면 친정 나들이 가시던
어머니 놓칠세라 총총 따라가던
그때도 입춘이었던 듯하오

올 입춘에 찾아갔더니
할머니도 큰 미루나무도 흔적 없고
깨어진 사금파리 무더기만 가득
옛날의 집터인 걸 알려주는 바람 소리만

친구 생각

친구야
교정 벚나무 아래서
도시락 나누던 때를 기억하는가
꿈 많던 젊은 날의 약속
반세기 지나 한 갑자가 눈앞이군

한자리 모이면
떠난 친구가 더 많은 우리의 슬픔
잊히지 않은 까만 눈동자들 이제
나이에 묻히니 짚신이 된 몰골일세

재개발로 고향 떠나고 한두 해 지나면
이어온 정 잊힐까 두렵네 친구야
살아오며 쌓아온 정 잊지 말고 우리
곱게 깊게 오래오래 간직하세나

이별 앞에 놓인 것

만남 뒤 언젠가 이별이라면
만남이란 이별 앞에 놓인 것
사랑이라 채워지던 아름다운 시간
기쁨으로 채워지던 행복한 시간을
남겨 두고 떠나는 아픔이겠지요

헤어진 뒤 더 사랑하지 못했다
후회로 가득 찬 아쉬움에
가슴 도려내는 아픔일 듯해서
내 마음의 가지 끝에
맴돌고 있을 당신을 생각하며

내 곁에 있는 지금
당신을 더 사랑하겠습니다

먼 훗날 후회하지 않으려
지금을 아름답게 수놓겠습니다
찾아올 이별의 아픔을 덜기 위해
최선의 하루를 당신께 바칩니다

움트는 소리

산바람 돌아서고
해풍 불어와 땅 서리 녹이니
봄 햇살 대지를 감싸 안는다
땅껍질 벗기고 움트는 새싹들
아침 해 안고 하품한다

잔잔한 숨소리
고요히 뿌리내리는 태동
물오름의 진동 소리
작은 입 벌려
봄바람에 실려 온다

그 생명의 용솟음
어디에서 오는지를
하나님께 소상히
여쭈어보고 싶구나

생신에 드리는 편지

선생님은요

참 고와요

참 어질어요

참 아름다워요

인송 선생님
생신 축하드려요

정말 고맙습니다

부족한 제자

용담꽃

삽당령 넘어 걷는 산길
샘 흐르듯 강릉 남대천 발원지
아늑하고 포근한 양지바른 곳
바람 소리 물소리 새소리만 들리는 천국
아담과 이브가 살다 떠났을 착각의 장소

걸치고 있는 모든 것 훌훌 벗어
개울가 그늘진 반석에 내려놓고
망중한의 시간 흘려보내는데
청아한 옥색 용담 곱게 피어 있다

어머니가 즐겨 입으시던
비로드 옥색 치마저고리 고운 빛깔
잊을 수 없었는데
네 소담한 고운 빛깔 속에
꿈인 듯 그리운 어머님 만나고 간다

얼굴과 표정

태어날 땐 똑같이
감은 눈으로 태양을 본다
그 얼굴엔 걱정도 두려움도
엄마 젖 내음에 모두 녹아내리지
살며 살아내며
돌부리에 채여 얼룩진 눈물은
얼굴에 길을 터 깊은 골이지
파랑새도 저 멀리 날아갔으나
아직은 뜨거운 무엇이 솟는 이유
어느 순간
표정 하나 혈관을 타고 흘러들어
평생 쌓아도 이지러진 조각품에
얼굴을 밝히는 그럴싸한 명분 하나

수 석 壽石

화산이 토해버린 작은 분신

해조음海潮音에 녹아내린 핏줄
억 겁의 세월 속에 깎여진 뼛골
여울목에 화장하고 따사로운 햇살 속
배시시 내미는 얼굴 네 모습 경이롭구나

첫 만남
한 폭의 수채화 같은 너의 자태
무언의 대화로 영원을 들려준다

끈질긴 생명은 어디서 왔느냐
풀잎 같은 우리네 삶 너를 닮아
한 점 수석壽石이고 싶구나

달래 뽁작장

동산 넘어온 봄바람에
달래 냉이 남새들 살 오르면
고운 누이 소쿠리엔 봄이 가득

십 년 지난 묵은 막장
어머니 손에 잔설처럼 풀어져
옹기 뚝배기에
돼지고기 양파 참기름에 살짝 볶아
달래 한 움큼 호박 고추 버섯 넣고
자작하게 끓여내시던 어머니의 손맛

모여 앉은 저녁 밥상
뽁작장 두레 반에 놓이니
할아버지 할머니 고기반찬 밀어내시고
숟가락들 부딪히는 소리에 익는 봄밤
입맛이 사는구나 할아버지 말씀에
누이동생 소쿠리는 아침을 기다리고
봄은 뚝배기 속에서 자작자작 익는 밤

오월이 오면 그렇게

피지 못한 겨울 장미
눈 속에서 봄을 기다리며
켜켜이 가슴에 숨긴 사연
봄이 오면 말할 거야
그 누구도 겪지 못한 겨울 이야기
오월이 오면 말할 수 있을 거야

전쟁이 빚은 통곡
지구 곳곳에 흩어진 생의 조각
흑도 백도 아닌 파리한 얼굴들
요람에서 다시 피어날 오월
이산의 아픔 묻고
우리 함께 살아가자고

오월이 오면 그렇게 말할 거야

시 줍는 밤길

달빛 기우는 밤
타박타박 시 줍는 밤길
운무인 양 다가오는 꽃향기
희뿌연 무더기 찔레꽃이었어

깊은 밤 홀로 앉은 강 언덕
물결 위 고운 향기 실려 오니
꽃잎은 숨어 보이지 않는데
어찌 이리 그윽한지 멍한 시간

어느 장미가 이 향기에 비할까
숨겨진 너의 고운 향기
심장의 핏줄을 타고 강물처럼 흐른다
나는 너에게 어떤 향기로 전해질까

너의 고운 향기 내 육신을 채찍질하니
오늘 밤
한잠 아니 자고 하얗게 밤을 지새우며
시 한 편 구해서 돌아갈 수 있겠지

바위틈 돌단풍

백봉령 넘어 도전 골짜기
백두대간 지나가는 중허리 마을
한강 상류 시작되는 맑은 물 흐르는 곳
장광에 구르는 조약돌 돌무덤 지나
까불거리며 앞서는 할미새 뒤따라가니
아우라지 여울목 바위틈 돌단풍 한 무더기
깨끗함이란 이런 것인가 티 하나 없으니
물보라에 세수한 아침 햇살이 너를 닮았구나

이곳에서 하룻밤 쉬어가련다
청정하게 사는 돌단풍 한껏 보면서
사람 사는 세상 하 부끄러워 너를 닮아가련다
오늘 밤 별님 달님 모셔와 네 이야기 듣고
날 새면 나는 떠나고 너는 이곳에 남겠지만
봄바람 불어 새잎 나고 꽃 피거든
여울물에 소식이나 띄워다오
안개로 비로 이슬 되어도 꼭 다녀가마

부엉이 우는 밤

어린 시절 깊은 산촌에 살았지
총성이 멎은 지 오래지 않은 피난 시절

잠자리에 들기 전
습관처럼 화장실에 가고 싶었으나
마당 저만치 뒷간이라서
엉덩이 비비꼬며 참던 시절

문 앞에 서 계신 어머니를 의지하고
통시문 열고 쪼그리고 앉아 일을 보는데
부엉부엉 부엉이가 울어
바지도 못 올리고 어머니 품에 숨었던 아이

요사이는 어떤가
방 안에 화장실
보드라운 화장지까지 허나
詩가 없다
멋이 없다
웃음이 없다

시멘트 숲 화려한 불빛
숨 가쁜 인터넷 질주에 詩가 마른다
흙냄새 만나러 부엉이 만나러 가야지
그곳엔 반드시 詩가 기다리고 있으리라

겨울나무

나무야
나무야 겨울나무야
세월의 상처 거친 옷 입고
세찬 바람 맞으며 떨고 있구나
가냘픈 숨소리 귓전에 들린다

봄 오면 싹 틔우는 진동 소리
물오름의 굉음 소리 한마당 펼쳐 놓는다
녹음방초 우거진 여름날
폭풍우 천둥소리 쓰러져 울부짖음에
썩어 거름 되는 아픔 안고 울고 있다

서릿발 내리는 가을 오면
한잎 두잎 보내야 하는 아픔 안고
홀로 세월 이별하고 나이테 늘어만 간다

엄동설한 겨울날
햇빛 읽고 바람 읽어 봄을 준비하니
철없었음을 알려주니 나의 스승이구나

너를 닮아
얼굴에 주름 하나둘 늘어
늙어서야 너를 스승으로 우러러보노라

퍼들 떼기(속이 안 찬 배추)

어릴 때 김장하던 날
밭고랑 가득 서릿발 헤치고
속이 안 찬 퍼들 떼기 한 수레
소금물에 절이고 물기 빼고

산더미 도랑물에 씻어
노가리 북어와 갖은양념으로
한 접 두 접 광에 쟁여지면
구수한 김치 향에 여유가 늘었지

눈길 뚫고 끼니때마다 한 양푼
밥상 위엔 밥 반 김치 반
온 가족 배 채우던 퍼들 떼기 김치
그 질깃하고 고소한 맛이 그립다

잘 삭은 퍼들 떼기 김치 잎은
솥뚜껑 화롯불 위에 뒤집어 놓고
김치 잎사귀 깔고 메밀 전 부쳐
먹여주시던 어머니 손맛 그리워

겨울밤 잠길 뒤척이며
입 안 가득 침샘 열려 잠을 설친다

6부

◆

몽돌

파도야
더 세차게 때려도
이젠
더는 닳아질 것도 없는
동그란 그리고 단단한 몽돌

신이시여, 어찌하오리까!

밤의 허리를 잘라 시를 묶습니다
먹먹한 시간은 자정을 넘깁니다
핏줄 속으로 무엇이 스멀거립니다
시가 아닌 것이 흐르고 있습니다
시라고 우길 것은 아파서 웁니다

한 발짝이 위중한 동토
지켜주지 못한 어진 소나무
밤을 밝히고 있습니다
가슴을 태우고 있습니다
고독한 시를 달래고 있습니다
시에 묻혀 시로 울고 있습니다

밤의 시간을 붙잡고 있습니다
눈물이 화장지를 다 살라 버립니다
되돌아갈 수 없는 시인의 길이
이리도 아픈 밤을 보내야 하는지
얼룩이 백지로 죽을 끓입니다
콧물까지 따라와 양념을 칩니다

신이시여! 어찌하오리까?
붓을 놓아야 합니까 아니면
운명으로 껴안아야 합니까
같이 울어줄 시 한 줄 없는데
밤마다 부추기는 시의 세계는
회초리 되어 늙은 시인을 울립니다

잠 길도 잃어버린 시인은 묻습니다
이 길이 달게 받아야 할 속죄인지요
신이시여, 어찌하오리까!

헤아리겠습니다

하늘빛 맑은 이 아침
내가 여기 서 있는 것은
스승의 그림자를 익히고
따르기 위함입니다

작은 나를 다독여
산을 넘고 바다를 건너
노래하고 춤추게 하셨으며
시詩의 열차에 태워
우주로 날갯짓하게 하시는
스승이 있기 때문입니다

더 큰 거목이 되었을 때
내 이름은 그림자로 묻어두고
스승의 이름으로 비상하는
밝은 그림자로 헤아리겠습니다

천재와 바보

仁松이라는 나무는 한 그루뿐이에요
그 속엔 천재가 나이테를 늘려가요
땅 위에서 하늘을 섬기는 진주
그림자만 비추어도 빛이 나요
仁松은 천재 그런데 바보예요
살을 달라 하면 살을 떼어 주고
뼈를 달라 하면 뼈를 빼서 줘요
쓰라림은 밤을 삭히듯 혼자 삭혀요
仁松이 걱정돼요
때묻지 않은 천사거든요
지켜 줄 인물이 없어요
같이 갈 인물도 없어요
남들은 몰라요 그저 푸르니까요

仁松은 말해요
이것이 삶이라고
언젠가 봄이 온다고
파란 솔잎은 죽지 않는다고
송홧가루는 반드시 흩날린다고

용궁에서 살아요

겨울 꽃눈에 싸락눈이 덮이네요
"찾아주는 이 없어도 행복할 거예요"

정이월 지나면 꽃이 필 거예요
"겨울에 피는 꽃은 아픔의 꽃이겠지요"

겨울꽃은 아픔으로 피기에 향도 깊겠지요
"그 향기는 선생님일 것 같아요"

봄 오면 꽃배 타고 떠날 거예요
"저는 그 꽃배에 잔잔한 여울이 되겠습니다"

그 잔잔한 여울에 퐁당 뛰어들 거예요
"전 그럼 기절합니다"

기절하시면 용궁으로 안고 갈 거예요
"제 생애 제일 절절한 순간일 거예요"

그래요 우리 용궁에서 살아요
"그곳에 시를 심고 시향을 피울까요"

그래요 그래요 좋아요
"우리는 적어도 시를 아는 시인이니까요"

몽 돌

파도야
아직도 때릴 게 있니
이젠
아프지도 않아
이젠
더 내어 줄 무엇도 없어

파도야
더 세차게 때려도
이젠
더는 닳아질 것도 없는
동그란 그리고 단단한 몽돌
코트 주머니 깊숙이 데웁니다

내가 잘 아는 여인을 쏙 닮아서

욕되지 않게

깨진 독엔 물을 받을 수 없듯
악한 마음엔 정情도 담을 수 없지

친구 많은 것이 자랑은 아니다
좋은 친구 볼 줄 아는 안목이 자랑이지

가까이와 멀리를 구분하는 건
스스로 내 안을 먼저 점검하는 것

꽃에 향기 없다면 꽃이 아니듯
먼 훗날 후회로 가득할까 두려워

한 번 왔다 가는 길
고운 이야기 남기고 가야 하기에

오늘도 내 안을 돌아봐야지
같이 가는 사람 욕될까 두려워

당신을 존경하는 것은

산수傘壽를 지난 몸이
옷깃을 가다듬어
머리를 숙이고
마음을 끝없이 열어
당신을 존경하는 것은
오직 한 분뿐인
나의 스승이기 때문입니다

당신의 깨끗한 삶과
올곧은 행함과 말씀이
거짓 없고 진솔한 마음을 지녔기에
어린 띠동갑 날개 없는 천사이기에
팔십 노구를 곧게 세우게 하는 지팡이
나의 스승이기에 가능합니다

알아 가면 갈수록
학식이 깊고 마음의 포용과
진리의 가르침이 견고한 스승님은
명패 없이 빛나는 보석입니다

단 하나 아쉬운 것은
세상이 몰라주고
속이고 이용하는 것도 모르시니
제가 당신의 방패가 되고 싶은데
늙고 나약한 존재라서 어찌합니까

To my respected teacher

Even as this body age past eighty
I straighten my collar
I bow my head and
Endlessly open my heart
For my admiration is for my alone
For you are my one and only teacher

The more I come to know
The deeper the scholarship
The breadth of heart's embrace
The solid teaching of truth from you
My teacher a gem that shines without a name

The only regret is that
The world doesn't recognize
You are unaware of being deceived
And used
I wish to be your shield but
What can I do being old and fail?!

고원에서 드리는 편지

오월의 고원에서
가슴 가슴 위해 박스를 싼다
주소는
강원도 정선군 임계면 도전리
해발 육백 고지
부치는 아이들은
참두릅 개두릅 명이나물
받는 이들은
내 살아 내 이름 기억하는 가슴들
바라는 값은
육십 데시벨의 전화 목소리
덤으로 드리는 것은
차마 표현 못 했던 이 한마디
"사랑합니다"

멋진 꿈길 다녀올 거야

오늘 밤 꿈엔 어디로 갈까
종달새 따라 하늘 높이 올라 볼까
높이 날아올라 저 아래 땅 위에
사람 사는 세상 구경 가 볼까

오늘 밤 꿈길엔 어디로 갈까
무지개 타고 하늘나라 가야지
천사들 만나보고 착한
선군선녀 있다고 알려줘야지

오늘 밤 꿈길엔 어디로 갈까
깊은 산속 샘터 약수터에 다달아
속살거리는 소리 가만히
귀 기울여 들어 봐야지

아니야 아니야
늙어 가는 우리 할멈 손잡고
넓은 바다 위 창공 날으며
멋진 꿈길 함께 다녀올 거야

평론

복재희

傘壽에 시적 들판에서 캐낸, 고아高雅한 시어詩語들
—정암 최송원 제 2시집『신이시여, 어찌하오리까!』론

복재희

(시인 · 수필가 · 문학평론가)

1. 프롤로그 — 텁수룩한 언어가 주는 신선함

정암晶巖 최송원 작가의

23년, 첫 번째 시집『초록 진주알』에 이어

24년, 두 번째 시집『신이시여, 어찌하오리까!』상재하심을 축하한다.

올해로 傘壽! 80세가 되신 작가의 작품을 부족한 필자가 감별에 들어서자니 먼저 두려움이 앞섬을 밝힌다.

1집『초록 진주알』이 출간되고 독자의 가슴마다 알알이 초록빛을 발하게 한 작가의 2집을 감별한 첫인상 역시, 더욱 숙성되고 정제된 상상에서 빚은 순수한 시어라서 벌써 머리가 숙여진다.

그렇다!

말을 빗질하여 그 말이 언어가 되어 백지에 앉을 때는 텁수룩한 언어도 있고 매끌매끌한 언어도 있고 헝클어진 언어도 있을진대. 텁수룩한 언어가 작가의 순수를 만나서 백지에 앉으면 그 신선함이란 예술이 되는 반면, 매끌매끌거리거나 헝클어진 언어는 산만하고 주제가 모아지지 않을 뿐더러 자칫 독자로 하여금 잘못 시를 이해하게 하는 누를 범할 수 있음을 정암 작가는 이미 간파하고 있다는 확신이다.

시는 시인의 표정이라서, 꾸밀 수 없고 우회가 없는 정신의 내밀한 고백이기 때문에 어떤 계측보다 정확하고 옳다는 점에서 시인이 쓴 시는 곧 시인 자신의 거울을 들여다보는 것과 같은 이치에 접근한다.

왜냐하면, 시는 곧 시인의 정신을 나타내는 온도계溫度計이고 정직한 삶의 표정이 담겨지기 때문이다. 물론 시적 장치 —비유에의 은유 혹은 직유나 상징 혹은 역설 등의 장치를 통해서 의식을 기록하기 때문에 아주 정밀한 심리적인 현상이 나타나게 된다는 말이다.

또한 시인은 시적 장치를 통해서 항상 낯설게 하기라는 장치를 가동하지만, 시의 특성을 열어보면 거개가 자기를 나타내는 방법에서 벗어나는 것이 아닌 진실성에 무게를 갖는다는 점이다. 여기서 자기를 꾸미는 것 혹은 과장하는 것과 진실성은 다르다.

진실한 삶의 바탕 위에서 시의 요소로서의 의상을 입는 방법을 갖출 때, 그의 시는 진솔성에 의한 감동이 따라온다는 이치이다. 이런 기저基底 위에서 시는 곧 시인을 나타내는 그림과 다름이 없다. 정암 시인은 시인이자, 수필가로서 평생 흙을 사랑하고 사람을 사랑하며 어스름 나이에 들어 시에 미쳐서? 불면을 자처하기에 가족들의 걱정을 들어야 하는 가슴 뜨거운 시인이라 알고 있다.

정암 시인의 시집 『신이시여, 어찌하오리까!』에는 45년생인 시인이 살아온 시대적 상황이 빚은 지난한 삶의 모습들과 잘 살아온 인간미人間美가 수채화로 펼쳐진다. 또한 잘 키워진 시적 근육을 바탕으로 조화된 시적 묘사가 잘 투영되었기에 시적 정치망을 갖춘 상당한 시인임이 명징하게 드러난다.

시인들이 시집을 출간하는 데는 목적을 지니게 된다. 다시 말해서 시인 정신의 응축凝縮을 나타내는 의도가 있다는 점에서 그의 사상을 보여 주는 거울이고, 삶의 표정이고, 또 과거와 미래를 연결하는 징검다리의 역할이기에, 시인은 온 힘을 다해서 자기를 표현할 수밖에 없음이다. 그러므로 독자가 한권의 책이나 시집을 읽어야 하는 이유가 이런 점에서 타산지석他山之石의 거울 보기라는 뜻이 되는 이유이다.

거울 속에 시인의 모습을 독자가 자기화의 거울로 환치換置할 때, 문학적인 감동에 숨은 교훈적인 가치에 다가갈 수 있기 때문이다.

정암 최송원 시인의 『신이시여, 어찌하오리까!』 작품 중에서 1부 「이제야 알 것 같습니다」를 만나 보자.

2. 이제야 알 것 같다는 시인의 절규絕叫

정암晶巖 시인의 시에 순수 지향점은 아내이다.

아내가 무엇을 암시하는 가는 시인마다 다르게 해석하고 있지만 정암 시인의 아내에 대한 이미지에는 가난한 시절 고생하다 소천하신 어머니의 모습도 겹쳐져 있고 지금도 정성껏 뒷바라지 해 주는 아내를 바라보는 시인의 시선엔 어머니에게 다하지 못한 감사함을 오롯이 아내에게 표현하려는 자상한 시어들을 보더라도 애처가愛妻家 시인임을 느끼게 한다.

현모양처賢母良妻는 신이 주신 가장 큰 선물이라 본다면, 정암 시인은 천복天福을 선물로 받은 작가란 생각이 든다.

1부 작품 중에 「이제야 알 것 같습니다」를 만나 보자.

붓을 잡고 밤의 길이를 재던
가냘프고 연약한 한 여인이
그리도 강인한 어머니였음을
이제야 알 것 같습니다

어릴 적 누비바지저고리 입히고
깨보생이에 누룽지주먹밥 먹이려
초근목피로 살아온 어머니의 한을
이제야 알 것 같습니다

연당에 올라 종일 책 읽던 옛 소년
소낙비 마중 나온 연잎과 붕어 떼가
그리도 아름다운 그림이었다는 것을
이제야 알 것 같습니다

여명에 집 떠나 해가 져야 돌아온

산골 소년의 그 무겁던 책가방이
수많은 시와 수필로 승화된 자산임을
이제야 알 것 같습니다

지금 팔순의 그림자를 밟고 보니
모두가 아름답고 소중한 시적 종자
당신이 주신 최고의 선물이란 걸
이제야 알 것 같습니다

- 「이제야 알 것 같습니다」 전문

5연 20행으로 비교적 장시長詩에 속하는 작품이다.
　각 연마다 시적 화자가 분리되어 자칫 산만할 수 있으나 연과 연의 이미지가 상호 협조 관계로 잘 연계되는 기교로 정리되어 안온한 서정성을 전달하는 데 무리가 없는 수작이라 본다.

　1연에, 이제야 시인이 알 것 같다는 시적 화자는 "붓을 잡고 밤의 길이를 재던 / 가냘프고 연약한 한 여인"으로 표현한 점을 미루어 시의 애매성으로 누군지 밝히지도, 알 필요도 없지만, 독자에게 분명 여류 시인일 거란 상상을 가늠케 하는 표현이다.

　2연에, 이제야 시인이 알 것 같다는 시적 화자는 "어릴 적 누비바지저고리 입히고 / 깨보생이에 누룽지주먹밥 먹이려 / 초근목피로 살아온 어머니의 한"으로 미루어 가난에 절어 고생하시던 그리운 어머니임을 숨기지 않고 밝혔다.

3연에, 이제야 시인이 알 것 같다는 시적 화자는 "연당에 올라 종일 책 읽던 옛 소년 / 소낙비 마중 나온 연잎과 붕어 떼가 / 그리도 아름다운 그림이었다는 것"이란 표현에서 정암 시인 자신임을 독자는 알아차릴 수 있다.

4연의 시적 화자는 "여명에 집 떠나 해가 져야 돌아온 / 산골 소년의 그 무겁던 책가방이 / 수많은 시와 수필로 승화된 자산임을" 이제야 알 것 같다는 표현에서 글의 자산이 된 무거운 책가방임을 알아차릴 수 있다.

5연에, 시적 화자는 "지금 팔순의 그림자를 밟고 보니 / 모두가 아름답고 소중한 시적 종자 / 당신이 주신 최고의 선물이란 걸"이란 표현으로 미루어 당신이란 시어가 신神인지 어떤 대상인지 모르지만, 최고의 선물을 주신 당신이 시적 화자로 자리매김되어 있다.

위 작품은 80이란 생물학적 나이가 무색해지는 서정시이며 필자도 자극을 받지 않을 수 없는 수작이라서, 정암 작가의 글길을 지켜볼 심산이다.

3. 그곳엔, 청실홍실 정담 익던 밤은 없었다

사람은 앞을 바라보고 노래하는 사람이 있고, 지난 시간을 추억하면서 노래하는 사람으로 구분된다. 전자는 이지적이고 냉소하다 할 수 있다면, 후자는 온정을 잃지 않고 따스한 인간미를 담고 사는 성향을 발견할 수 있다. 물론 둘의 경우가 명확하게 칸막이로 가르는 것이 아니라 유기적으로 혼합하여 나타나는 경향이 다분하다 할 것이다. 다만 어느 경향이 더 자주 출몰하느냐에 따라 분류되는 추론일 뿐이다.

과거 지향은 애달픔이라는 뉘앙스가 많이 포함된다고 본다. 그 이유는 지난 것들은 얼마의 시간이 지나면 그립기도 하고 돌아가 만나고 싶기도 한 마음이 앞장서면서 마음 길을 재촉하기 때문이다.

모든 인간은 대체로 지난 것에 매달리면서 그 시간 속에서 현재의 서걱함이나 고달픔 등을 위로받고 싶어 하는 것이 보편성을 갖는다 하겠다. 그렇다면

과거는 현실의 부족을 채워 줄 요소가 되는가 하면 꼭 그렇지만은 않다는 것이 비애로 작동될 수가 있다. 그러므로

과거와 현실과 미래를 균형 있게 사고하는 일은 보다 적극적인 삶의 표본이라고 말하고 싶다.

대부분 감수성이 예민한 시인들이 과거 지향성이 두드러지는 편인데 이는 그만큼 여느 사람과 다른 촉수를 지녔기에 거기에서 시를 캐내는 경우가 다반사이나 자칫 나약한 정서를 숨기지 못하면 실패할 확률이 크다고 본다. 다음 소개할 작품 「산계山溪골에 가면」을 만나 보자.

　　　홍시는 가을 해를 닮아가고
　　　바람은 감잎을 이고 바다로 가는데

　　　소리 따라 들어서니
　　　화구에 볏낱 쓸어 담던 처자

허리를 동여매고 디딜방아 찧는다
달처럼 어여쁜 처자들 사는 집
가을 해 서산에 숨어드니
백열등 전구가 들라 한다
청실홍실 정담 익던 아련한 밤

한 갑자 돌아 찾아드니
바람 타고 산계山溪만 노니는 집터
방앗간마저 아궁이로 똬리 틀고
방아 찧던 처자들 잘살고 있다고
하얀 귀에 하얀 까치가 전해 준다

옛이야기 들추다 돌아서는 길
송아지 뛰놀던 장광엔
자갈들이 밭을 이루고
물든 감잎 나도 물들라 보채는데
어느 고을에 어디쯤 가면
그 처자를 만날 수 있을까
해지기 전 발걸음에 불이 인다

-「산계山溪골에 가면」 전문

4연 21행으로 구성된 서정시로서

1연에 '홍시'가 알려 주듯 어느 해 가을인가 보다. "감잎을 인
바람이 바다로 가다"라는 걸로 봐서, 산계골은 바다가 가까운
지역이라 추정이 되고, 그곳에서 있었던 어느 해 가을의 추억이

125

라 독자는 이해하면 되겠다.

2연에 달처럼 어여쁜 처자들이 허리를 동여매고 디딜방아를 찧는 정경이 수채화로 다가오게 하는 대목이다. 더욱이 "가을 해 서산에 숨어드니 / 백열등 전구가 들라 한다 / 청실홍실 정담 익던 아련한 밤" 시간은 어스름이 다가오는 저녁 무렵이고, 그 집 처자들과 안면이 있었을까? 백열등 전구라 들라 한다고 작가는 표현했지만, 달처럼 어여쁜 처자가 들라 했을까? "청실홍실 정담 익던 아련한 밤"이 시적 절정을 이루게 되는 무드를 엿보게 한다.

그리고 행갈이가 되면서 세월이 흘러 60이 넘어 그곳을 찾게 되는 처연한 정경은 3연에서 펼쳐진다.

"바람 타고 산계山溪만 노니는 집터 / 방앗간마저 아궁이로 똬리 틀고 / 방아 찧던 처자들 잘살고 있다고 / 하얀 귀에 하얀 까치가 전해 준다"

한 행에 세월이 적어도 수십 년이 흘렀음을 감지하게 되는 3연은 산에서 내려오는 계곡, 산계만 빈 집터에 노닐고 방앗간도 처자들도 다 사라진 공허함을 하얀 작가의 귀에 하얀 까치가 전해 준다는 작품이다.

시에서 하얀색은 순수함, 평화, 무죄, 새로운 시작을 상징할 수 있음이다.

또한 순결과 순수한 사랑, 그리고 늙음과 죽음을 의미하기도 한다고 보면 되겠다. 하얀 까치는 좋은 소식을 전하는 전령사로서 순수한 시인의 하얀 귀에 ―비록 인연은 안 됐지만, 행복하게 잘살고 있기를 바라는 작가의 마음을 에둘러 표현했음을 감지하게 한다. 전통적으로 까치는 동양권에선 길조이기에 작가는 이를 반영하는 시적 우위를 점했다고 엄지척해 줄 작품이다.

4. 영광의 기름칠로 정암晶巖의 시詩가 눈부시기를

　시인의 마음은 항상 소녀 소년적 감성을 잊으면 안 된다. 왜냐하면 시詩가 늙어서는 안 되기 때문이다. 정암은 비록 傘壽의 연세지만 그의 감성은 언제나 푸릇한 식물성 정서로 꽃을 사랑하고 사람을 사랑하고 대지를 사랑하며 동심을 잃지 않은, 자칭 농부 시인이다.

　시詩에 작법作法이 있다고 보면 순수가 깊어져 눈물이 되는 것도 과過하면 실失이 된다는 점을 정암 시인은 알고 계신 듯 작품마다에 눈물도 기쁨도 적절히 숨겨 두는 시적 기교를 발견할 수 있다. 시에서 경계해야 할 것이 센티멘털이라는 요소로 본다면 이를 억제하는 것은 지성의 견제로 비로소 균형을 갖출 수 있어야 함을 알고 계신다는 말이다.

　시가 문학의 앞 대열에 서는 것은 가장 어려운 장르이기 때문인데 만약에 지성만으로 흐르게 된다면 과학이 되기 때문에 적절한 균형을 이루어야 하는데, 많은 시적 훈습薰習이 쌓이면 시의 표정 관리가 밝고 맑게 행복으로 감동을 주게 되는 언덕을 점할 수 있다고 적는다.

　현란한 언어 치장이 없이도 이미지 전달에 묘미를 갖춘 「겨울 꽃눈에 싸락눈 내리고」를 만나 보자.

　　　가을 햇살에 잉태한 꽃눈
　　　겨울 채비를 끝난 무성한 잎 입들은
　　　계약된 곳으로 무작정 이사를 하니

언덕진 구릉엔 새든 잎 입들이 지천
땅거죽은 부풀어도 곡기가 없어
허기진 배를 말아 버티는 목구멍들
한겨울 밤 얼음장 속에서 봄을 꿈꾸며
얇은 솜이불로 잠을 청하는 영혼이여
그 시절 나는 어머니 품에 안겨
무지개 꿈을 꾸었다마는 어른 된 귀엔
어느 고아가 울부짖다 지친
가느다란 배고픈 숨소리 들리느뇨
네 가슴 부푸는 정이월은 정녕 오느뇨
봄바람이 허기를 삼키는 춘삼월은 오고 있느뇨
너를 덮으려는 싸락눈 곤두박질하고
상고대가 내린 얼음 조각에 부르튼 입을 묻고
울지도 못하는 배고픈 밤은 책갈피에 숨긴다
꼬깃꼬깃한 잎 입들 흰쌀밥에 살 올라
볼그레한 볼에 키스해 줄 벌나비 올 테니
그땐 영혼에서 움트는 인고의 짙은 향기로
극빈한 시에 영광의 기름기 눈부실 테니
어화둥둥 한바탕 춤이라도 추자꾸나

- 「겨울 꽃눈에 싸락눈 내리고」 전문

E, Steiger가 말한 것처럼 '서정적인 표현은 우리 마음을 부드럽게 한다'는 말을 대입하면 정암 작가의 시는 여기에 적합해진다 하겠다.

위 작품은 삼지닥나무(Oriental paper~bush)를 의인화해서 그 지난한 겨울나기에 작가의 측은시심惻隱詩心을 얹어서 빚은 작품이다.

삼지닥나무는 종이를 만드는 닥나무(뽕나무과)랑은 다른 팥꽃나무과이며 제지원료로 심었으나 향기가 좋아서 요즈음은 집안의 관상수로 많이 심는다.

꽃봉오리는 몽화夢花, 뿌리는 몽화근夢花根이라 하여 조루나 몽정, 풍습風濕에서 오는 사지 마비 동통이나 타박상 또는 피부염에 효과가 있어 약용으로 사용하기도 하는 식물이다.

나뭇가지는 딱 셋으로 삼지창을 닮았으며, 3~4월 잎보다 노란 꽃을 먼저 닥지닥지 피워 내며 꽃말은 '당신을 맞이합니다'이다.

필자의 정원에도 두 그루가 있는데 ―털이 보송한 꽃눈이 고개를 숙이고 한겨울을 나는 모습이 측은하기 그지없어 안타까운 시선을 보내던 바였다. 정암 시인의 측은시심 또한 필자의 마음이라 소개한다.

"허기진 배를 말아 버티는 목구멍들 / 한겨울 밤 얼음장 속에서 봄을 꿈꾸며 / 얇은 솜이불로 잠을 청하는 영혼이여"라며 삼지닥나무의 영혼을 위로하며 "가느다란 배고픈 숨소리 들리느뇨 / 네 가슴 부푸는 정이월은 정녕 오느뇨 / 봄바람이 허기를 삼키는 춘삼월은 오고 있느뇨 /라며, 어쩌면 정암 작가 자신의 시의 영혼에게 고하는 독백으로 연계를 잇는 시적 상당함을 보인다.

"너를 덮으려는 싸락눈 곤두박질하고 / 상고대가 내린 얼음 조각에 부르튼 입을 묻고 / 울지도 못하는 배고픈 밤은 책갈피에 숨긴다 / 꼬깃꼬깃한 잎 입들 흰쌀밥에 살 올라 / 볼그레한 볼에 키스해 줄 벌나비 올 테니"

"극빈한 시에 영광의 기름기 눈부실 테니 / 어화둥둥 한바
탕 춤이라도 추자꾸나"라며 시에 행을 두지 않고 산문시散文詩,
Prose poem으로 엮인 작품이다. 산문시는 전통적인 시의 형식
이나 운율, 구절 구분을 따르지 않고, 산문의 형태로 쓰지만, 시
적인 이미지, 리듬 등, 시의 경계를 허물어 자유롭고 유연한 표
현이 가능하다. 그렇지만 시적 요소를 반드시 포함해야 함을 요
하는 장르이다. 어설픈 행갈이로 산만을 요하느니 이 장르도 훈
습薰習된 작가에겐 권하는 장르이다. 사족 없이 섬세한 산문시
에 군침이 인다.

5. 무지개를 타고 하늘에 닿는, 기도하는 천사

인간은 한계를 아는 점에서 지혜로운 동물이다. 이는 미래에
어찌 될 것인가의 해답에 궁금증이나 어디로 갈 것인가를 예
상하면 무엇을 찾아 나서야 한다는 기둥이 필요하게 된다. 이
런 마음에서 절대자에 귀의歸依하려는 정서가 팽창되는 이치다.
지구상에 존재하는 모든 종교는 선을 향한 자신의 마음 챙김
이 본질이다. 그리스도의 사랑이나 부처의 자비가 모두 선을 추
구하라는 가르침이다. 그런 면에서 시詩를 창조하는 마음과 맞
닿아 있음이다.
시인이란 예수님의 가르침대로 그냥 모두를 사랑하는 '자'이
고, 자신의 자긍심으로 깃발 하나 추켜들고 세상을 바라보는
자세가 지극히 겸손하고 배려하는 시샘이라야 시가 솟느니 시

인과 종교는 같은 방향을 향하는 구도자일 뿐이란 설명이다.

그러하기에 종교가 없는 작가보다 중심에 신앙을 지닌 작가의 글이 독자에게 감동의 눈물을 선사할 수 있음이다.

정암 시인 역시, 중심에 그리스도인의 본분을 지니고 삶을 영위하심을 옥고 곳곳에서 발견할 수가 있다.

종교가 우리 인간에게 미치는 영향은 더 설명이 필요 없겠다만 정적인 불교를 국교로 정한 나라보다 동적인 기독교를 국교로 정한 나라들이 더 부강한 것을 감안하면 황무지에서 장미를 피울 수 있다고 가르치는 기독교의 개척 정신이 이룬 결과이리라.

영어로 역사를 'History'라 하는데, 직역하면 '그 남자의 이야기' 그 남자가 바로 '예수님'이라는 뜻이다.

필자는 일찍이 동서양 철학에 심취해 탐구한 적이 있는데. 기원전 'BC'는 'Before Christ로 예수 그리스도 탄생 이전에'를 의미하고 기원후 AD는 라틴어 'Anno Domini'는 '주의 해 또는 주후'로 번역하기도 한다. 이는 종교와 무관한 인류조차도 사용하는 것을 미루어 봐도 예수 그리스도가 인간의 구세주라고 믿는 많은 서양 기독교 문화권의 승리라 생각한다.

정암 시인의 작품 「기도하는 작은 천사」는 아마도 사랑하는 아내가 두 손을 맞대고 기도하는 모습을 시적 종자로 삼은 듯하다.

시의 애매성Ambiguity을 도입하여 대상을 '소녀'라는 이름 속에 숨겨 두는 기교技巧를 도입한 작품이라 기쁨이 인다. 작품을 만나 보자.

기도하는 작은 소녀야
너의 마음이 얼마나 고우면
얼굴에 번지는 고운 미소가
무지개를 타고 하늘에 닿는구나
세상에 이보다 고운 게 또 있으랴

기도하는 작은 소녀야
수많은 근육이 이토록 아름다운
그림을 그려 놓은 표정은
땅 위에 그림자 지우기 위해
신이 그리는 그림인 듯하오

기도하는 작은 소녀야
오십이 되면 살아온 삶이
자기의 얼굴을 만든다 하니
더 들어 황혼이 되어도
잘 간직하라 부탁하고 싶소

기도하는 작은 소녀야
바람에 스치고 물결에 쓸려
하늘과 땅이 변하고
가슴에 재를 안고 살아도
보화는 간직하시라 일러두고 싶소

- 「기도하는 작은 천사」 전문

아내를 생각하면,

더욱이 80이 된 지아비가 아내를 바라보면 그저 미안하다는 생각이 우선일 것이다. 그러나 나이 들어 달리 쉬운 스킨십이나 사랑한다는 말은 습관적으로 못 하거나 어색해서 못하기가 십상이다.

기실 우리 문화의 전통이 그러함도 사실이지만 마음속에만 담아 둔 말을 시詩에 실어 노래한 정암 시인의 애처가愛妻歌는 멋지고 이채롭기까지 하다.

1연에 "기도하는 작은 소녀야 / 너의 마음이 얼마나 고우면 / 얼굴에 번지는 고운 미소가 / 무지개를 타고 하늘에 닿는구나 / 세상에 이보다 고운 게 또 있으랴"라고 예찬했다. '작은 소녀'는 나이 들어 쪼그라진 아내의 모습을 표현한 듯하다. 그다음 행에서 정암은, "너의 마음이 얼마나 고우면"이라고 아내의 '얼굴'이 아닌 '마음'을 예찬한다. 처절하게 가난하던 시대를 함께 헤쳐 나온 수많은 이야기가 '마음이 곱다'라는 시어에 담뿍 숨어 있다.

다시 말하면, 그 험산 준령을 지아비 하나 믿고 묵묵히 헌신해 준 것에 대한 무뚝뚝한 그러면서도 가득한 정암 시인만의 최고의 예찬이라 생각된다.

"무지개를 타고 하늘에 닿는구나 / 세상에 이보다 고운 게 또 있으랴"

"기도하는 작은 소녀야 / 수많은 근육이 이토록 아름다운 / 그림을 그려 놓은 표정은 / 땅 위에 그림자 지우기 위해 / 신이 그리는 그림인 듯하오"

그동안 많은 작가로부터 아내에 대한 표현을 만났지만 이처럼 아내의 모습을 신이 그린 그림이라 극찬한 시인은 정암뿐이니 일정 부분 아내의 고생에 보은을 한 셈이라 생각이 든다.

그렇다. 80에 들어 마주 바라보는 부부의 온도가 이 정도면 정암 시인의 일생은 신의 큰 축복을 받은 시인임이 명징하다.

"바람에 스치고 물결에 쓸려 / 하늘과 땅이 변하고 / 가슴에 재를 안고 살아도 / 보화는 간직하시라 일러두고 싶소" 기도하는 아내여 그 보화를 잘 간직하라는 지아비의 소망을 세세토록 지켜 주시길 독자들도 마음 모읍니다. 다음 작품도 어스름 나이에 바라보는 아내를 향한 마음에서 엮은 시라고 생각된다. 「이별 앞에 놓인 것」 작품을 만나 보자.

6. 찾아올 이별의 아픔을 덜기 위해....

시인은 감수성의 요리사이다. 따스하고 다정함을 가질 때 그가 빚는 시는 그런 색채의 묘미를 제작하기 때문에 성품은 곧 시의 표정과 밀접한 관계를 나타내게 된다. 아내를 사랑하는 마음이 온화한 강물로 흐르는 정암의 시의 세계가 진정성으로 드러나는 깊은 정이 그렇다.

나이 든 아내를 바라보며 요란스럽지 않게 훗날, 언젠가 이별할 순간을 위해 하루하루를 최선을 다해 사랑하겠다는 담담한 시어야말로 가장 큰 울림이 아닐 수 없다.

이별과 사랑을 동일 선상에 두고 균형의 이미지 설정이 평형을 이루면서 가슴으로 젖어 들게 하는 시어들이 신선하고 정감

이 배어나 자상하다는 데서 정암의 시는 전달에 편안한 속성을 지닌 작품들이 그 특징이다. 이는 태생적으로 그의 성품이 온화하고 배려로 가득한 이타적인 삶이기 때문이다.

시는 시일 뿐 인간의 성품과 결부시키는 것이 모순일지 모른다. 그러나 시는 인간이 쓰는 글이라는 점에서 그의 인격과 분리되는 이유를 찾을 수는 없을 것이다. 이런 논리는 뷔퐁이 말한 "글은 그 사람이다"라는 의미와 일치점을 형성하기 때문이다.

부부는 한날한시에 어른이 되어 기쁨도 슬픔도 함께할 수밖에 없는 그야말로 운명공동체로서 서로에게 신뢰나 배려 없이는 삶이 서걱해지고 어긋나는 결과를 초래하기에 이르기도 한다.

우리네 부모님은 결혼식장에서 서로의 얼굴을 처음 보고도 자식 낳고 어려운 살림을 슬기롭게 잘 극복해 오셨다고 말한다면, 요즈음 이 이야기는 꼰대 소리 듣기에 적합하리라 본다. 하지만 스스로가 변하지 않으면 아무리 이혼을 반복하고 새로운 인연을 만난다 해도 도로에 그칠 것은 자명한 일이다.

한날한시에 같이 어른이 되었으니 어려움도 같이 분담해야 한다는 생각을 해야 하는데 서로에게 무능한 탓을 돌리는 에고 ego에서 빚어진 상황은 사회적 문제로 야기되는 것이 현실이라서 저출산이라든지 독신주의자라든지 은둔생활이 늘어나는 것은 심각하다 하겠다.

정암 시인의 부부를 보자!. 80에 든 그들이 행복할 조건이 무에 그리 풍부했을까를 더듬어 보자. 강원도 산골에서, 전쟁을 겪었고, 보릿고개를 겪었고, 물려받은 재산이 많은 금수저도 아닌 이 부부들이 황혼의 저물녘에도 서로의 이별 또는 사별에도 후회하지 않으려 —최선의 하루를 사랑하며 살겠다는 모습

은 지금 세대에 교본이어야 하지 않을까에 이르니 수많은 이야
기를 숨겨 둔 「이별 앞에 놓인 것」 작품에 조아려 가슴이 젖는
다. 라고 기록한다.

만남 뒤 언젠가 이별이라면
만남이란 이별 앞에 놓인 것
사랑이라 채워지던 아름다운 시간
기쁨으로 채워지던 행복한 시간을
남겨 두고 떠나는 아픔이겠지요

헤어진 뒤 더 사랑하지 못했다
후회로 가득 찬 아쉬움에
가슴 도려내는 아픔일 듯해서
내 마음의 가지 끝에
맴돌고 있을 당신을 생각하며

내 곁에 있는 지금
당신을 더 사랑하겠습니다

먼 훗날 후회하지 않으려
지금을 아름답게 수놓겠습니다
찾아올 이별의 아픔을 덜기 위해
최선의 하루를 당신께 바칩니다

- 「이별 앞에 놓인 것」 전문

1연에 "만남이란 이별 앞에 놓인 것"이라 정암 시인은 절규를 숨겨 표현했다. 어떠한 화려함도 찾아볼 수 없는 시어에서 멈춤을 주는 진한 생각으로 초대되는 표현이다.

2연, 3연에 "헤어진 뒤 더 사랑하지 못했다 / 후회로 가득 찬 아쉬움에 / 가슴 도려내는 아픔일 듯해서 / 내 마음의 가지 끝에 / 맴돌고 있을 당신을 생각하며// 내 곁에 있는 지금 / 당신을 더 사랑하겠습니다"라고 고백한다.

4연에 "먼 훗날 후회하지 않으려 / 지금을 아름답게 수놓겠습니다 / 찾아올 이별의 아픔을 덜기 위해 / 최선의 하루를 당신께 바칩니다"로 탈고된 수작秀作이다. 겸허해진다는 말 외엔 어떠한 해설도 사족蛇足일 수밖에 없는 시인만의 절규라서 부디 강건하시어 이 부부가 세세토록 행복하시라 마음 드리는 것이 우리의 몫일 뿐이다.

위 작품 외에도 따뜻한 가슴을 지닌 아내가 시의 종자가 된 작품은 여러 작품에 출현된다. 난해한 형식이 아니라서 독자들에게 오롯이 스며드는 시적 매력이 상당한 작품들이다.

부부의 화목은 곧 가화만사성家和萬事成의 평범한 진리에 사랑이 담겨 있으므로 평화로운 생의 노래가 진행된다 하겠다. 만약 서로 다른 방향을 손짓한다면 불화의 불길이 치솟겠지만 한 가정을 잘 보듬어 지키려는 가장의 노력이 울타리가 될 때, 비로소 원만하고 화평한 웃음꽃이 피게 되는 이치이다. 사랑의 감정이 일방통행은 오래갈 수 없다.

위 작품처럼 사랑받는 아내가 많아지는 세상이 오기를 필자와 독자는 소망하면서 이는 남편의 지고한 아내 사랑이라기보다 그의 아내가 신뢰와 존경과 사랑받아 마땅한 현처가 아닐까에 믿음이 더해지는 작품이다.

정암 시인의 화목한 가정에 주님의 은총이 넘치길 두 손 모으며 마지막 6부 작품 「신이시여, 어찌하오리까!」를 만나 보자.

7. 정암 작가의 절규, "신이시여, 어찌하오리까!"

인간은 물음을 가진 동물이다. 그러기에 여타 동물과 다른 문명을 구축하고 만물의 영장으로 군림하는 것이다. 그러나 물음에는 대답의 결과가 있는가 하면 대답의 미궁이 끝없이 이어지는 답안도 있다. 특히 자신에게 물을 때와 신에게 물을 때가 그러하다. 인간은 자신을 가장 잘 안다고 착각하지만 그렇지 않음은 자신이 가장 두려운 적이기도 하고 가장 모르는 적이기도 하여, 늘 지는 형국에 처하는 일이 다반사이기 때문이다. 그러하기에 현자들은 더욱 수행·정진에 의를 두고 자기 성찰에 많은 시간을 배정하는 이유이다.

시인에게 시는 무엇인가라는 물음 또한 명쾌한 답은 아득하다.

물Water의 정의처럼 수소 2에다 산소 1로 결합된 것이라 답할 수 있으면 얼마나 좋을까만 광부가 암담한 깊이를 파 내려가야 하는 피땀 흘리는 모습과 같으니 광맥을 발견한 소득도 있을 수 있지만 더러는 도로에 그치는 일이 허다함으로 헛수고에 이른다. 그렇다면 시인이 어떻게 신과 대좌할 수 있는가의 물음엔 신명무아경神明無我境을 앞세우는 경지라야 한다고 기록한다.

시인이란 존재는 궁극적으로 닿아야 할 곳이 무아경의 경지인

138

데, 작은 이익에 눈 밝히거나 남의 티를 대들보로 비약시키는 인성에겐 어려운 경지라 감히 기록한다. 또한 맹숭맹숭한 정서를 지녔거나 지식의 오만으로 과학으로만 접근하려는 방법도 경지에 닿긴 어렵다고 본다. 여기서 시인은 —'그냥 모두를 사랑하는 자'이거나 매 순간 무거운 삶의 날개를 탓하기보다 비상하려는 지난한 노력만이 가능하다고 기록한다.

　여기, 불면의 밤을 지나면서 시에 조아려 산수에 발견한 저만치 신기루에 눈물이 범벅이 되는 경지로 향한 시인이 빚은 작품 「신이시여, 어찌하오리까!」를 만나 보자.

밤의 허리를 잘라 시를 묶습니다
먹먹한 시간은 자정을 넘깁니다
핏줄 속으로 무엇이 스멀거립니다
시가 아닌 것이 흐르고 있습니다
시라고 우길 것은 아파서 웁니다

한 발짝이 위중한 동토
지켜주지 못한 어진 소나무
밤을 밝히고 있습니다
가슴을 태우고 있습니다
고독한 시를 달래고 있습니다
시에 묻혀 시로 울고 있습니다

밤의 시간을 붙잡고 있습니다
눈물이 화장지를 다 살라 버립니다
되돌아갈 수 없는 시인의 길이

이리도 아픈 밤을 보내야 하는지
얼룩이 백지로 죽을 끓입니다
콧물까지 따라와 양념을 칩니다

신이시여! 어찌하오리까?
붓을 놓아야 합니까 아니면
운명으로 껴안아야 합니까
같이 울어 줄 시 한 줄 없는데
밤마다 부추기는 시의 세계는
회초리 되어 늙은 시인을 울립니다

잠 길도 잃어버린 시인은 묻습니다
이 길이 달게 받아야 할 속죄인지요
신이시여, 어찌하오리까!

- 「신이시여, 어찌하오리까!」 전문

물 위를 헤엄치는 새들이 하늘로 비상하는 모습에서 시인의 모습을 발견한 적이 있다. 두 발로 힘차게 차오르는 그 순간은 매우 힘겹지만 일단 하늘로 오르면 이내 아름다움을 펼치는 신기로운 풍경이 되는 일. ─시작詩作은 힘들고 외롭지만 바람을 타고 비상하는 모습은 시인이 바라는 경지 그 자체일 것이다.

새로운 지평을 열어가려는 몸짓은 불면을 초래하고 비상의 상승 기류를 만나지 못한 고독이 즐비하지만, 그럼에도 시에 대한 열망은 식을 수 없기에 정암 시인 역시 신을 찾고, 어찌해야 하나고 물음을 던지는 고독한 시간을 직면하는 것이리라.

시인에게 삶은 새의 하늘과 다름없다. 쓰고 또 쓰다 보면 언젠가는 날개에 바람이 실려서 비상할 테지만, 그 출발은 매우 지난至難하고 고통스러울지라도 그 순간들이 모여서 이륙의 준비가 될 것이니 이것은 미지의 발견 —이것이 시인이 시를 만나는 운명이고 여기서 비상의 날갯짓이 궁창穹蒼을 날아오르는 길이 열리리니, 이를 무엇으로 시작하는가는 무의식의 마음 Unconscious mind에서 찾아오는 의식이 지배소가 될 것이리라 기록한다.

젊었을 때는 보라매로 하늘을 지키시느라 꿈을 미루셨다가 늦깎이로 작가의 길을 걸어가시는 정암 시인의 생물학적 연세가 산수이시니, 부디 건강에 무리가 되지 않는 범주에서 시의 신을 만나기를 간청한다.

위 작품의 메타포는 시인이 시의 경지를 어렴풋이 발견하는 지점이라 보인다.

1연에

"밤의 허리를 잘라 시를 묶습니다 / 먹먹한 시간은 자정을 넘깁니다 / 핏줄 속으로 무엇이 스멀거립니다 / 시가 아닌 것이 흐르고 있습니다 / 시라고 우길 것은 아파서 웁니다" 여기에서 정암 시인은 시가 아닌 것과 시라고 우겨도 될 것을 간파하고 있는 고뇌가 보인다.

시가 아닌 것은 핏줄에 흐르고, 시라고 우길 것은 아파서 운다. 라는 표현은 삽상하기 그지없는 표현이다. 이런 시어를 80에 건진다는 것은 그의 필력을 보여주는 예라 하겠다.

2연에 시적 화자는 미지의 누군가인데 그의 아픔에도 시인은 하나가 되는 시적 연계성을 무리 없이 삽입시켰다고 본다.

위 작품의 기둥은 4연이다.

"신이시여! 어찌하오리까? / 붓을 놓아야 합니까 아니면 / 운명으로 껴안아야 합니까 / 같이 울어 줄 시 한 줄 없는데 / 밤마다 부추기는 시의 세계는 / 회초리 되어 늙은 시인을 울립니다"라고 절규한 작품이다.

눈물로 화장지를 다 사르며 신에게 묻지만, 이미 그 답을 시인이 알고 있고 운명으로 껴안아야 합니까? 는 이미 운명으로 받아들였다는 수긍이라고 생각한다.

그의 성정대로 같이 울어 줄 시 한 줄이 없다는 겸손도 이 시에서 일품이라 하겠다.

밤마다 부추기는 시의 세계로 초대되어 회초리로 시인이 울게 되는 경지에 정암 시인은 가까이 다가가 있다고 유추된다. 그 꿈의 자락을 놓치지 마시고 시적 창조의 길을 답파踏破하시어 자신만의 성을 쌓아서 성주城主로서의 우뚝함에 이르게 되리라 믿으며 마무리에 들어선다.

8. 에필로그 — 한마디로, 정암의 시 세계는 가을하늘이다

시인의 의식이 지향志向 공간을 설정할 때, 비교적 높이에 가치를 두는 경우가 흔하다. 이는 상승의 이미지가 될 수도 있고 천상의 고귀함을 끌어오려는 의도가 앞장선다는 의미가 되기도 한다. 이는 순수 예술이 갖는 속성일 수도 있고 범상한 모든 인간이 그런 취향에 가치를 두고 살기 때문인데 정암 시인의 제2

집 『신이시여, 어찌하오리까!』 옥고 전체가 주는 이미지는 그의 성정대로 고요하고 평안한 시 종자로 키운 작품들이라서 전체적인 흐름이 잔잔한 물살과 같아서 누구에게도 두렵지 않은 호소력을 지닌 수작秀作들이다.

파란 가을 하늘에 고추잠자리가 나는 것을 지켜보는 정도의 감성이면 모두가 훌륭한 독자의 자리를 차지하게 되는, 난해難解하진 않지만 감동의 구름 위를 노닐게 하는 작품이 시의 특질로 나타난다.

정암 시인의 나이를 알고 작품을 대하니 놀라웠다는 견해도 전해야겠다.

어느 젊은 작가 못지않은 그의 감수성에 놀랐고, 시어의 다양성에 놀랐고, 그 숨겨 둔 기교에 놀랐다. 이는 지식이 따라갈 수 없는 태생적 인자因子의 작용과 그의 진중한 삶의 모습, 아울러 기둥이 되는 기독교적 신심이 조화를 이룬 결과물이라 생각한다.

한마디로, 정암의 시 세계詩世界는 아름다웠다.

그의 성정대로 올곧게 밀고 가는 향일성向日性의 문학 —바로 신념의 자유를 추켜세운 시인이기 때문이다.